Karl Alexander

Die Verpfändung

Ein Schauspiel in einem Aufzuge

Karl Alexander

Die Verpfändung
Ein Schauspiel in einem Aufzuge

ISBN/EAN: 9783743643932

Hergestellt in Europa, USA, Kanada, Australien, Japan

Cover: Foto ©Andreas Hilbeck / pixelio.de

Weitere Bücher finden Sie auf **www.hansebooks.com**

Die
Verpfändung.

Ein
Schauspiel
in
einem Aufzuge
von
Karl Alexander.

Brünn,
gedruckt mit Neumannschen Schriften. 1779.

Personen.

Robert. Ein alter pensionirter Hauptmann, geht mit einer Krücke.

Jenny. Seine Tochter, eine junge Wittwe.

Ein zweyjähriges Kind, ihr Sohn.

Georg.
William.
John. } Roberts Söhne, gemeine beym Klintonschen Regiment.

General Klinton.

Ein Lieutnant, sein Adjutant.

Karl. Ein alter Furir bey Klinton, und Roberts Bekannter.

Graf Rollet. Präsident von der königl. Lehnbank.

Breiden. Ein Hauptmann von einem andern Regiment, Roberts Bekannter.

Kepler. Roberts Hauswirth.

Betty. Seine Frau.

Ein Bedienter.

Die Handlung ist in London.

Die
Verpfändung.

(Das Theater stellt Roberts Wohnung vor, ein rein=
liches Zimmer, mittelmäßig meublirt; Robert
sitzt auf einen Lehnstuhl, sein Tochterkind spielt
zwischen seinen Füßen, und Jeny arbeitet beym
Tische an einer Manschette.)

Erster Auftritt.
Robert und Jeny.

Robert. Der Auftritt mit dem verfluchten Kerl,
liebe Jeny, fürcht' ich, wird mir
wieder einen Stoß geben — der niedrige Schur=
ke! zwey und zwanzig Jahre wohn' ich mit Ehren
bey ihm — und die ganze Zeit hab ich auf'm Tag

bezahlt

bezahlt — itzt bin ich ihm von drey Vierteljahre
Miethe schuldig — er weiß selbsten, daß nur mei=
ne Krankheit daran schuld ist — und mir grau ge=
dientem Manne ins Gesicht zu sagen:

(Nachäfend) „ Wenn er mich in acht Tagen
„ nicht bezahlt, so werf' ich ihn mit seiner ganzen löb=
„ lichen Bettelfamilie zum Haus hinaus‟ mir das!
— mir altem, grabereifem Manne — der seine erste
Blüthe zur Zierde, und seine männlichern Kräfte
zum Wohl des Vaterlandes so gerne dahingegeben hat
— meine ehrlichen und lieben Kinder! die mich so
edel mit eigner Hand nähren helfen — diese zu
drohn — sie, als eine Bettelfamilie mit mir zum
Haus hinaus werfen zu wollen — das ist hart mei=
ne Tochter. Bey Gott! sehr hart. Freilich sind
wir arm — sehr arm — aber wir betteln ja noch
nicht — und wenn wirs thun müßten, und die
Schuld an den öffentlichen Anstalten läge, was
könnten wir dafür? oder verdient der Hülflose des=
wegen bey Nacht kein Obdach, weil um die heiße
Mittagsstunde ein unempfindlicher Prasser vor ihm
vorbey eilt, und den Unglücklichen sein: „ warum
arbeitet ihr nicht? ‟ entgegen schnauzt? — O das
ist nicht auszuhalten — (Pause) sechs Pfund Ster=
ling sind wir im Hause schuldig — und wo wolten
wir

wir Mittel nehmen, der Härte dieses Eigennützigen
zu entgehen? binnen acht Tagen will er gezahlt
seyn — dieses, liebe Jeny, ist für uns so unmöglich,
als er darauf bestehen wird. Wir sind unglücklich
meine Tochter — kein Geiziger ist zu erweichen.
Rücksichtiges Mitleiden der Unmöglichkeit wegen,
ohne es dem rechtschaffenen dürftigen fühlen zu lassen — ist ihm unverzeiliche Verschwendung — Ver-
brechen gegen sich selbst — (seufzt) ach! wir sind
unglücklich.

Jeny. Beruhigen sie sich mein Vater. Die Manschetten (darauf zeigend) sind gleich fertig, dann
werd' ich sie wie gewöhnlich zum Verkauf in die
Stadt tragen — und unsern Freunden und Bekann-
ten, die Noth meines alten Vaters auf meinen Knien
vorweinen — ihnen sagen, daß nur eine Krankheit
an dieser Verlegenheit Schuld ist — beruhigen sie
sich mein Vater, unsre Freunde werden sich ihrer Noth, meiner noch größern Noth — gewiß
annehmen. Ich bitte mein Vater, beruhigen sie
sich.

Robert. (Sanft und zuverläßig) Nicht doch
meine Tochter, du betrügst dich. Arme Leute haben
keine Freunde — und das Wenige, so du etwan
für deine Manschetten lösen möchtest — (seufzt)
A 3   ach!

ach ! iſt ja zur äußerſten Leibesbedürfniß, kaum
hinreichend —

Jenny. Wenn ich aber unſre große Noth vor=
ſtellen werde, ſo wird man unterm Vorwande der
Manſchetten —

Robert. Nicht doch meine Jenny, du irrſt dich.
Du biſt jung und wohlgeſtaltet dürftig, und tu=
gendhaft — ſiehſt du mein Kind — und du mußt
deine Manſchetten noch unterm Preiß verkaufen. —

Jenny. (ſeufzt) Wenns nur wahr wäre; man
ſpricht in der ganzen Stadt davon, das Regiment
Klinton ſoll von Boſton zurück hieher kommen. Ach!
wenns nur wahr wäre — ſo kämen meine guten
Brüder auch mit, und wer weiß, ob dieſe nicht
Mittel machen könnten, unſrer großen Noth zu
ſteuern.

Robert. Wer weiß, ſagſt du, ob dieſe nicht
Mittel machen könnten? — wer weiß? — das weiß
ich mein Kind, daß es Niemand wiſſen kann —
wo ſoll der gemeine Mann beym Militär Hülfe
von dieſem Belang auftreiben? — glaube mir mei=
ne Tochter, ich getrau' mirs zu behaupten, vielleicht
iſt dieſes der einzige Stand, wo man Genügſam=
keit lernen kann, weil man muß — für des Ge=
meinen Auskommen, kennt die obere Macht kein an=
deres

deres Bedürfniß, als wahre Nothdurft — wo sollten deine Brüder, alle drey noch gemeine Männer,
also sechs Pfund Sterling zusammen bringen können? O täusche dich nicht mit ungegründeten Aus-
sichten meine Tochter, fehlgeschlagne Hoffnung ver-
wundet unser krankes Gemüth aufs neue — und
stört unser Nachdenken, weil wir unser Unglück dann
zu einfach fühlen. —

Jeny. Sehr wahr mein Vater.

Robert. Aber auch deswegen um kein Haar
besser für uns meine Tochter.

Zweyter Auftritt.

(Breiden zu den vorigen. Jeny küßt ihren Vater
die Hand, macht Breiden eine Verbeugung, und
geht ab.)

Breiden. Hauptmann Robert, gehorsamster
Diener.

Robert. Hauptmann Breiden, ich bin der
ihrige.

Breiden. Nun wie stehts guter Alter? wie
leben sie? wie befinden sie sich?

A 4 **Robert.**

Robert. Ich lebe schlecht guter Freund, aber befinde mich noch schlechter.

Breiden. Das glaub' ich. Ja! ja guter Robert, wenn man alles vorher wüßte! —

Robert. Ich versteh' sie Breiden — aber sie verstehn mich nicht. Fleißig, gerecht und gut zu seyn, ist unter jeden Umständen unsre unbedingte Schuldigkeit — das erste, können, sobald wir nur wollen, wir immer seyn — und zu den letztern, müßen, wenn wir auch noch so selten Gelegenheit dazu haben — wir doch wenigstens stets bereit seyn — der widrige Zufall meiner gehabten Krankheit, setzt mich in eine gewisse Verlegenheit, die kränkende Folgen für mich haben kann — und sehn sie guter Breiden, das ists all. —

Breiden. Sie werden sich guter Robert, noch am Bettelstabe philosophiren.

Robert. (etwas spöttisch) Die Armuth guter Breiden, ist die weiseste Lehrerinn —

Breiden. Ich fühle ihren ganzen Spott — reden wir von etwas anderm — Apropos! ich höre ja, das Regiment Klinton kömmt von Boston wirklich zurück. Der Oberste Masby, bey dem ich gestern Abend supirt habe, hat mich deßen für gewiß

ver=

verſichert. Haben ſie nichts davon gehört Haupt=
mann? — ich glaube ja, ihre Söhne ſind beym
Regiment Klinton angagirt — nicht wahr? —

Robert. Meine Söhne ſtehn alle drey bey
Klintons Leibkompanie — von der Ankunft des Re=
giments aber, iſt alles, was ich davon weiß, aus
ſolchen Händen, die nur zur Stimme der allgemei=
nen Sage gehören — und die allgemeinen Sagen
lieber Breiden — ohngeachtet ſie allgemein ſind,
können zu Zeiten doch ungegründet, oder gar falſch
ſeyn. —

Breiden. Ihre Söhne müßen ſchon eine hüb=
ſche Zeit dienen, deucht mir. —

Robert. Der älteſte zwölf, und die zwey
jüngern, jeder acht Jahre.

Breiden. Und immer noch unter der Muskete?

Robert. Ja Hauptmann! aber nur deswegen
hof' ich, weil ſie nicht lernen können ſich vordrän=
gen — glänzende Schuldigkeiten üben — ſelbſt
Sturmlaufen iſt freilich ſchwerer und rühmlicher,
als davon ſchwatzen, nicht wahr Hauptmann?

Breiden. Allerdings. —

Robert. Und doch hat ſo mancher Mauldre=
ſcher vom Stande, oft den thätigſten Mann verdrückt.

Breiden.

Breiden. Vom Stande sagen sie selbsten —

Robert. Und welcher Stand ist denn eigentlich der größere? der Vorzug verdienende? — ists der, den man ohne sein Zuthun besitzen soll — oder ists jener, den man sich durch eigne Verdienste um die Menschheit würdig macht? —

Breiden. Man lebt aber einmal in dieser Welt, und —

Robert. (hitzig) Und muß also den Schurken, oder den Narren machen? — (sanfter) nicht doch Breiden, nicht doch. Ich war Gott Lob! noch keines von beyden, und befinde mich mitten unter meinen drückenden Umständen, recht leicht — recht wohl — daß ich das nicht bin, was ich seyn könnte, seyn sollte — ist nicht meine Schuld — daß andre das vorstellen, was sie nicht seyn können — ist nicht ihr Verdienst — und welches Bewußtseyn ist edler, ist größer guter Freund? —

Breiden. Aber ein gewisser Stand guter Robert, führt uns zu gewissen Zirkel, wo wir vielleicht nützlich werden können. —

Robert. Dieses Breiden, räum' ich nur Bedingnißweise ein, das heißt, wenn es nicht auf Kosten anderer Rechtschaffenen geschieht — wer kennt

nicht

nicht jene menschenfeindliche Etikets, wo die wich=
tigste Angelegenheit eines Bürgers, so oft das trau=
rige Opfer einer thörichten Ceremonie werden muß —
inzwischen guter Breiden, lernen sie von mir, von
einem alten Manne — daß kein ehrlicher Stand in
der Gesellschaft einen Menschen erniedrigt, der Mensch
allein aber den Thron wie den Pflug entehren kann —

  Breiden. Auf Wiedersehen, Hauptmann Ro=
bert.

  Robert. Ihr Diener Hauptmann Breiden.

            (Breiden ab)

Dritter Auftritt.
Robert allein.

Geh geschminkter Bösewicht — an der Stimme
kenn' ich den Vogel — wie er sich wand — wie
das Laster so sinnreich der Armuth sein großmüthi=
ges Netz bereitete — geh' Schurke! Jenny ist tu=
gendschaft — und wenn sie's nicht wäre, nicht
seyn wollte, so will ich's, ihr Vater — daß
sie's seyn soll — zu ihrer und meiner Ruhe seyn
muß — hörst du Elender? ich will es! — ich will
es! und in seinem Hause hat ein jeder ehrlicher
und wohlgesitteter Mensch auch seinen Willen! —

               per=

verstehst du das? — still! — da kömmt meine
Tochter.

Vierter Auftritt.

Robert und Jeny.

(Jeny springt freudig auf ihren Vater zu.)

Jeny. Ach Gott Lob! es ist richtig mein Vater, in einer Stunde wird's Regiment hier einrücken. Ach! wie innig freu' ich mich, meine lieben
Brüder wieder zu umarmen.

Robert. Sie wieder zu sehen, freu' ich mich
mit dir meine Jeny, wie vielmal größer aber wäre
meine Freude, wenn meine lieben guten Kinder nicht
Augenzeugen ihres väterlichen Elends seyn müßten —
womit soll ich sie nach so viel erlittnes Ungemach
wieder erholen helfen? — wird sie etwan das er-
quicken, wenn sie's ansehen werden, wie ein eigen-
nütziger Schurke ihren siebzigjährigen Vater zum
Haus hinaus stossen wird? und dieser alte Krippel
unter Gottes Himmel sich tod zappeln muß! —
nein Jeny! sie kommen nicht deine Brüder — sollen
lieber nicht kommen — und von wem hättest du's
auch, daß sie heute schon kommen werden? —

                                    Jeny.

Jenn. Der Furir Karl, mein Vater —

Robert. (Lebhaft) Wäre schon hier? — hätte mit dir gesprochen? hätt' es dir gesagt? sprich! rede meine Tochter, ich bitte dich — der Furir Karl wäre schon wirklich hier? so rede doch — sage mir alles, alles was er von deinen Brüdern, dir gesagt hat — Nein! — (Pause) sag' lieber nichts — gar nichts — (Pause) (Jeny sieht ihn während der Pause starr an, Robert verlegen) so rede nur. —

Jenn. So hören sie dann liebster Vater, und sie werden sich gewiß freuen.

Robert. Ach! das ist eben was ich befürchte meine Jeny — diese Freude — diese Freude an meinen Kindern ist's eben — die in diesem Augenblick meinen Zustand mir am unerträglichsten macht —

Jenn. Ich zittre mein Vater. —

Robert. (Ruhig) Rede nur mein Kind — ich bitte dich rede.

Jenn. So hören sie mein Vater. Der Furir hat so viel Männliches und Gutes — Ordentliches und Standhaftes von meinen Brüdern gesagt, daß die Augen bey der ganzen Erzählung mir nicht trocken worden sind. —

Robert.

Robert. Gott Lob! daß es ein altgedienter Furir sagt, daß meine Jungens brav sind! — beym Himmel! diese bärtigen Kunstrichter sind selten zu bestechen — und dein Lob rechtschaffner Murkopf, gilt mir gewiß mehr, als das ohnmächtige Amen eines sechszehnjahnigen Feldherrns — aber wird denn der Furir Karl nicht zu uns kommen meine Tochter?

Jenny. Er hat mir aufm Fuße zu folgen versprochen.

Robert. St. da hör' ich so was gemessen die Treppe hinauf spazieren — ich wette es ist der alte Degenknopf.

(Beym letzten Wort tritt der Furir ein.)

Karl. Ha! ha! ha! lupus in fabula — ja wohl ist ers, mit Haut und Haar, Herr Hauptmann, ihr gehorsamer Diener. (Will den Hauptmann die Hand küssen, dieser reicht ihm umarmend den Mund.)

Robert. Warum denn nicht hier rechtschaffner Mann?

Karl. Pfui! ich stinke nach Kasermen Frühstück. —

Robert. Kennst du mich nicht mehr Karl? — komme! (umarmen und küssen sich herzlich.)

Karl.

Karl. (voller Empfindung) Ach! das war gut — das thut wohl —

Robert. Nun sag' mir Karl, was machen meine Jungens, wie haben sie sich aufgeführt?

Karl. Beym Blitz! Herr Hauptmann, das Regiment mag mit ihnen groß thun, — und wenns Kugeln regnet, so stehn die Pursche so fest, wie der Boden, der unter ihnen schwimmt — ha! mein Sechs! es sind die wackern Söhne ihres rechtschaffenen Vaters.

Robert. Werde nicht unbescheiden guter Alter. —

Karl. Aber auch aus Bescheidenheit nicht unempfindlich — schauen Sie Herr Hauptmann! der ältste glaubt er muß der bravste seyn, warum? weil er der ältste ist, — die beyden jüngern wetteifern mit ihm, daß es eine Lust anzusehen ist — und so — sind ihre Söhne alle drey die rechtschaffensten Kerl von der Welt. — O der General kennt sie schon — er weis sehr gut zu unterscheiden, daß sie die Söhne des Hauptmann Roberts sind — und ich bin überzeugt, wenn er heut oder morgen zum König kömmt — so läßt General Klinton, gewiß einem jeden das seinige, —

Robert.

Robert. Das kömmt daher Freund, weil er selbst was hat. —

Karl. Just Herr Hauptmann — (auf seine Uhr sehend) schon halb zehne? beym Teufel! nun muß ich fort. Das Regiment muß gleich einrücken, ihre Söhne Herr Hauptmann, werd' ich ihnen gleich herschicken. — (Robert verlegen, Karl merkt seine Verlegenheit) ich darf doch wieder kommen Herr Hauptmann?

Robert. (Robert ihm die Hand reichend) das versteht sich alter, wenn es dein Dienst erlaubt.

Karl. Herr Hauptmann, Miß Robert, ich empfehle mich ihnen.

Robert und Jenny. Adieu, adieu. (Karl mit ihm angemessener Verbeugung ab.)

Fünfter Auftritt.

Robert und Jenny.

Robert. Ein alter herzvoller Gradaus — den freilich kein deutsch = französischer Hofmeister im Modetone zugeschnitten hat — aber gesunde Vernunft, uneigennützige Rechtschaffenheit, und lange Erfahrung, -

rung, haben ihn zum größten und nothwendigsten
gemacht, was man werden kann, und eigentlich seyn
soll — haben ihn zum richtigfühlenden Menschen
gemacht. Wie wahr theilnehmend er von meinen
Söhnen sprach — wie bald er meine Verlegenheit
darüber merkte — (Pause) er hat auch nichts —
das versteht sich — er ist zu redlich, sonst hätt'
er mich gewiß auch gefragt, was mir fehlt — (Pause)
welch liebevolles Schweigen! — O du hast recht guter lieber Karl — du hast recht — nicht immer lin-
dert uns Leidenausguß — Trost von dieser Art, be-
darf mehr die momentalische Stimmung unseres Ichs,
als jede andere gemeinere Hülfe — aber — ich
glaube gar, ich werd' ein Narr, und fang an zu
philosophiren — wie stehts mit deinen Manschetten
meine Tochter?

Jenny. Ach! wie erquickend ist diese Narrheit,
die sie mein Vater Philosophie zu nennen belieben,
wenn man sie recht zu gebrauchen weiß — ich fühle
jedes Wort — jeden Sinn — und mir wirds so
wohl dabey, wenn ich sie so das reden höre, was ich
nur fühlen kann — und indem ich Sie's sagen höre, mir doch wieder einbilde, daß auch ichs hätte so
sagen können —

B **Robert.**

Robert. Aber deine Manschetten gute Jenny — deine Brüder werden mit ihren Komißbrod doch nicht uns traktiren sollen? —

Jenny. (Empfindungsvoll) meine Manschetten zärtlichster Vater sind verkauft, sind für eine halbe Guine verkauft. Ich habe davon gleich den Becker bezahlt — sechs Pfund Rindfleisch gekauft — und den Rest — (greift in die Tasche)

Robert. (Aeußerst gerührt) Halt' ein meine gute , herzens gute Tochter — du tödtest mich — (drückt seiner Tochter Hand) komme, laß' uns deinen Brüdern entgegen sehn — O Vaterland! — (Robert und Jeny ab.)

Sechster Auftritt.

(Das Theater ändert sich, und stellt des Wirths Zimmer vor.)

Kepler und Betty.

Betty. Daß dich der Teufel! — mit Herrlichkeit!

Kepler. Nun?

Betty.

Betty. Unſer zärtlicher Herr Hauptmann, und
ſeine zärtliche Frau Tochter, können gar nicht auf‑
hören die drey zärtlichen Herren Musketirer zu um‑
armen — denn ſiehſt du Kepler, (bitter) zärtliche
Herzen umarmen ſich nur — davon verſtehn wir an‑
dere Leute mit den Bürgergeſichtern nichts — (lacht
höhniſch) mir deucht aber doch, wenn die zärtlichen
Leute lieber ſo hübſch die ehrlichen Bürger zahlten,
als ſich umarmten, mir deucht Kepler, das Ding
wäre nothwendiger — nicht wahr du?

Kepler. Wart' nur in acht Tagen werden wir'n
niedlichen Spas haben — wenn die Zärtlichkeiten
ſo hübſch über die Treppen purzeln werden — ha!
ha! ha!

Betty. Heut' hat die Ehrenfrau unter ihren
Salup mit Reſpekt zu ſagen — ſechs Pfund Rind‑
fleiſch nach Haus geſchlept

Kepler. Wie weißt du das?

Betty. Das hat mir des Fleiſchhackers Jakob
erzählt, weil er heut' Bier bey uns nahm.

Kepler. Hat ſie's gleich bezahlt? —

Betty. Das verſteht ſich. Wer Teufel wird dem
Volke kreditiren? oder glaubſt du, daß es mehr ſol‑
che Einfaltspinſel in der Welt giebt, wie du biſt;

Herr Kepler? — (mit dem Finger drohend) O hätſt
du mir nur gefolgt, ſo wären wir die Bagaſche
längſt loß — wo wird der lahme Reſoner mit ſei=
ner keuſchen Lukretia — in acht Tagen ſechs Pfund
Sterling zuſammen plaudern können? — He? —
und mit alle dem, das Volk nichts hat, als einen
Gott und einen Rock — ſind ſie doch ſo verflucht
ſtolz, daß ſie faſt mit Niemanden Umgang haben.
Das Menſch hat ein ganz paſſables Gefriß — und —

  Kepler. Halts Maul Weib! — ich verſteh’
ſchon. Umſonſt hab’ ich nicht noch acht Tag gewart
— ſiehſt du mein Schatz (vertraulich) ein armer abge=
dankter Ofzier, der eine hübſche Tochter hat, wird
natürlicherweis von jungen Kriegskameraden heimge=
ſucht — und das Regiment Klinton hat ſehr reiche
Ofzier — was mich betrift, ſo werd’ ich ſchon
das Tempo in acht zu nehmen wiſſen, wenn juſt ſo
ein reicher Vogel da ſeyn wird, ſchnips! — ſo werd’
ich die zärtliche Familie ſo etwas fein ſäuberlich pro=
ſtetuiren — und ſehn ſie Madam Jeny — ſo denk’
ich — Noth bricht Eiſen —

  Betty. (Fährt ihn mit ihrer Hand übers Ge=
ſicht) Ha! ha! ha! du Spitzbube! du biſt doch ein
rechter loſer Schelm —

        • **Kepler.**

Kepler. Ein rechter Gastwirth willst du sagen. (Lachen beyde herzlich und ab)

Siebenter Auftritt.

(Das Theater ändert sich, und stellt wieder Roberts Wohnung vor.)

Georg, William, John.

(Georg geht nachdenkend auf und ab.)

John. — Du hast recht William. Ich fühle alle meine Pflichten, und würde sie mit meinem Blute besiegeln — daß wir arme Teufel aber just zum Tanz kommen müßen.

William. Nun, und worüber murrst du dann? wäre das Unglück unsers Vaters leichter worden, wenn wir länger in Amerika hätten unsre Schuldigkeit thun müßen?

John. Das nun wohl eben nicht.

William. So wär es für dich leichter gewesen?

John. Unter gewissen Bedingungen unwidersprechlich.

William. Du bist sehr spitzfindig Herr Bruder.

B 3   **John.**

John. Nein William, gewiß nicht. Aber schmerzvoll, sehr schmerzvoll. Helfen wollen, und nicht helfen können, ist beynah so schwer, als nicht geholfen zu werden — dazu noch, wenn der Vorwurf uns so wichtig ist — (nachdenkend) — mir fällt was ein — vielleicht — so komm' doch her Georg, du gehst ja wie ein angehender Schulmeister immer auf und ab. —

Georg. (Näher tretend) Da wird wieder was rechts heraus kommen; so packe deine Weisheit nur aus, Herr Satyrikus.

John. Kurz und erbaulich.

Georg. Verzeih' mir's Bruder, ich kann jetzt unmöglich witzig seyn. Lasse überhaupt aber, guter John, in wichtigen Sachen, dein Witz immer, dir das unwichtigste seyn.

John. Du verkennst mich. Ich liebe und schätze jenen bescheidenen Ernst eines nachdenkenden Mannes eben so sehr, als ich den mißlaunischen Narren haße, und verachte, dessen lächerliche Geschäftsmiene sein wichtigstes Studium ist — dessen müßiges Hirn, auf jeden Blick ihm argwöhnisch macht — fast jeden Ausdruck, ihn zweydeutig finden läßt — und endlich aus unverantwortlicher Thorheit aber, ihn

jedes

jedes vernünftige und fröhliche Geschöpf zu meiden, und zu haffen zwingt. —

Georg. (Streichelt Johnens Wangen) nur zur Sache lieber Junge, es war ja so übel nicht gemeint.

John. Also — (bedächtlich) Unserm guten rechtschaffnen Vater steht die widrigfte Sache vor — Kepler und fein Weib, find die eigennüßigften und unempfindlichften Menschen in der Stadt ; binnen acht Tagen sollen die sechs Pfund Sterling bezahlt feyn — wo wollen wir fie hernehmen? und was foll aus unserm Vater, was aus unfrer Schwefter werden?

William. Das sollten wir ja von dir hören Bruder.

John. (Immer bedächtlich) Unfer Regiment bleibt in Garnison — wir brauchen keine Wachen zu thun — vor der Revizeit brauchen wir also unfre Gewehre und Montirungen nicht — wie, wenn wir fie bis dahin zu verpfänden suchten, und mit dem Gelde den Schurken befriedigten?

Georg. Still Bruder! deine Zärtlichkeit stört dein Nachdenken — wie kannft du das verpfänden, was nicht dein eigen ift? das dir vom König vertraut, und wofür du ihm, und er dem ganzen Staate Verantwortung schuldig ift? — (John seufzt.)

B 4   Wil-

William. Du haſt recht Bruder; Johns Vor-
ſchlag iſt nicht auszuführen, aber wenn es hier bey
uns auch nur auf Eigenthum ankommen ſoll, ſo wird
freylich Hauptmann Robert mit Tochter und Enkel
gar bald auf die Gaße logiren. —

Georg. Nicht ſo geſchwind Bruder. Haſt du
nicht noch ein Eigenthum, das dem Soldaten be-
ſonders, aber auch einem jeden andern Gliede der
Geſellſchaft das ſchätzbarſte ſeyn muß? und um das
man eigentlich ſich nur ſelbſt bringen kann? —

William und John. (Neugierig) Nun?

Georg. Haben wir Gott lob! nicht noch unſre Ehre? und welches Eigenthum iſt uns ſchätzba-
rer? eigner?

William. Und dieſe könnten wir verpfänden?

John. Und Geld darauf bekommen, und unſerm lieben Vater helfen? —

Georg. Vielleicht — die äußerſten Mittel
ſind zu Zeiten die beſten. —

John. (Begierig) O ſo rede doch mein Bruder. —

William. So rede doch. —

Georg. Wir ſind Soldaten meine Brüder —
unſre Schutzgöttinn iſt die Ehre, und weiſe Tapfer-
keit

keit der Wegweiser zu ihren unsterblichen Tempel —
wir haben uns diesem Stande gewidmet — und ich
bin überzeugt, ein jeder von uns kennt so genau
seine Pflichten, als er sie gerne befolgen wird.
Laßt uns drey also eine gemeinschaftliche Verbindung
auffetzen; in welcher wir der königlichen Lehnbank,
unsre Ehre gegen diese im Grunde doch unbeträchtli=
che Summe von sechs Pfund Sterling verpfänden,
worinnen wir zugleich, uns jeder besonders für alle
verpflichten, daß der erste von uns, welcher beym
Regiment einen Schritt machen wird, schuldig ge=
halten seyn soll, diese sechs Pfund an Kapital samt
denen höchstangeordneten Zinsen, der königlichen
Lehnbank wieder zu ersetzen. Wie gefällt euch der
Gedanke meine Brüder?

    William. Mir kömmt er sehr schmeichelhaft
vor. —

    John. Das Ding geht durch. —

    Georg. Wenn's vor gehörigem Ort kömmt —
hoff' ich — laßt inzwischen uns keine Zeit verlieren,
(legt den Finger auf den Mund) aber —

    William. Das versteht sich. —

    John. Kommt nur! —

                  (Alle drey ab.)

        Achter

Achter Auftritt.

Robert und Jeny.

Robert. Haſt du's nun ſelbſten geſehen mei=
ne Jeny? ſelbſten empfunden, was Betty vor ein
Weib iſt? Pfui! mit welcher Unverſchämtheit die
ehrvergeſſene auf'm Tiſch ſchlug — mit ihren Hän=
den mir unterm Geſichte focht — und alles das? —
weil ſie auf die gewöhnliche Weiſe, in der Plauder=
aſſamble beym Schenktiſch gehört hat, daß ich heute
mit meinen Kindern mich ſatt eſſen werde. —

Jeny. Und ſo weit wär's mit unſerm Elende
ſchon gekommen, daß wenn wir eine Rindſuppe aufm
Tiſch haben, es der Vorwurf zum Weibergeklat=
ſche wird? —

Robert. (Beſcheiden) Halte dich meine Je=
ny bey dieſen gemeinen Weibereyen nicht auf. Auch
Männer giebt es, meine Tochter, die von ſolchen Din=
gen reden, daß ein Komedienſchreiber mit beſtem Fuge
ſie in dem Munde einer ungezogenen Waſchfrau le=
gen könnte — vor allem aber kränke dich nicht,
daß man weiß, daß wir arm ſind — und was die
eigentliche Ehre der Hausarmen iſt — daß wir arm
leben. —

Jeny.

Jenny. Sie werden doch, mein Vater, diese Verläumdung nicht einer beßern Absicht fähig halten? —

Robert. Das nicht Jenny — aber lerne nur ein jedes Ding auf der Welt aus seinem wahren Standpunkte beurtheilen — siehst du mein Kind; das Betragen dieses Weibes ist eine bloße Folge ihrer schlechten Erziehung — und was noch mehr ist — ihres schlechten Umgangs. — Menschen von beßrer Erziehung und beßrem Umgang also, müssen sichs nicht fremden lassen, wie sie der Regen naß machen könne — du bist ja sonst eine kleine Philosophin meine Jenny.

Jenny. (Küßt ihrem Vater die Hand) Wahrlich klein genug, wenn Sie mein Vater nicht bey mir sind. —

Robert. Das wird schon werden — aber aus mir, was wird da werden?

Jenny. Ich bitte mein Vater, auch das kann werden, es betrift ja nur sechs Pfund.

Robert. Kann? — nur? — weist du wohl mein Kind, das, was nur werden kann, auch nicht werden kann? — weist du wohl, daß das Wort nur, auch nur für diejenigen gehört, die mächtiger

sind;

sind, als der Gegenstand, dem's betrift? — den=
ke! —

Jeny. O schonen sie mein Vater, ihre Toch=
ter, mit diesen Schreckenbildern. —

Robert. Und darum bitt'st du mich? — O
das ist's ja eben meine Jeny, wessen ich meine Kin=
der so gerne, so herzlich gerne möchte (seufzt) aber
leider! nicht kann. (hält seinen Kopf.)

Jeny. (Besorgt) Was ist's mein Vater?

Robert. Nichts mein Kind, ich will mich
ein wenig niederlegen. (will abgehn)

Jeny. (Erschrocken) Muß ich mitgehn mein
Vater? —

Robert. (Abgehend) Nein, bleib nur mein
Kind. (Jeny küßt ihrem Vater die Hand, Vater ab.)

Neunter Auftritt.
Jeny allein.

Welch ein Mann! — meine kindliche Ehrfurcht
gebeut mir hier, nahmenlose Bewunderung! — so
viel Elend, und so viel Standhaftigkeit, waren
wohl nie beysammen — wie er mit dem Weibe
sprach — wie er über den Begriffen des Weibes es

für

für ausgemacht annahm, so von ihr behandelt wer=
den zu müssen — aber nicht etwa, wie's zu gehn
pflegt, aus bloßer Selbstgefälligkeit mit philosophi=
schen Deklamationen von sich zu blasen — nein! —
ich spähte sein Aug' der ganzen Zeit über — und
kann's wirklich nicht sagen, was ich alles vereh=
rungsvoll darinnen las — daß es aber immer so ein=
nige väterliche Kümerung um seine Tochter, mir
deutlich zu erkennen gab — das weis ich — ja!
das fühl ich noch — (man hört ein Kind schreien)
mein Kind! (eilend ab.)

Zehnter Auftritt.

(Das Theater ändert sich, und stellt des Grafen Nol=
let Arbeitskabinet vor. Der Graf sitzt mit einer
Schrift in den Händen vorm Tisch, der mit ver=
schiedenen Schriften, Planen und Rissen belegt
ist, das Kabinet ist übrigens prächtig meublirt.)

Nollet allein.

Sonderbar — vortreflich — drey Söhne wol=
len ein Gut, daß ihnen lieber, als ihr Leben ist —
wollen ihren dürftigen Vater von einer widrigen Be=
gegnung

gegnung zu retten — ihr einziges auf der Welt,
ihre Ehre verpfänden — aber verpfänden — und
dieses, lieben Kinder, ist hier eben die Schwierigkeit
— nach den Sicherheitsregeln, die die königliche
Lehnbank annehmen muß — kann sie auf der Ehre
des rechtschaffensten Mannes nicht einen Liar darlei=
hen — der Sterbefall des Verpfänders ist möglich,
und in diesem Falle, muß uns immer der öffentliche
Verkauf des Pfandes sichern, — und wenn sich der
Fall bey diesen Brüdern eignete? und ist er hier
weniger möglich? und Ehre wär' der Gegenstand,
an dem wir uns schadlos halten sollten? — Ehre?
— zum öffentlichen Verkauf? — O von dieser
Glücksstöhrerinn macht man sich ja gerne selbsten,
so früh als möglich los! — freylich leidet dieser
außerordentliche Umstand die merklichste Ausnahme:
allein, es für mich selbsten zu thun — ist einmal wi=
der meine Amtspflicht, und glaub' ich — gegen den
Vortheil der gutherzigen Leute selbst. Die sechs
Pfund aus meinen Beutel herzugeben? — ist Hülfe
— ja, aber auch nur Hülfe — nicht Belohnung
— nicht Aufmunterung, die diese Handlung,
denn doch unstreitig verdient, aber freylich auch die
Sache eines Größern ist — was ist zu thun? —
(liest ein wenig in der Bittschrift) acht Tag hats mit

der

der Zahlung noch Zeit — gut — ich machs so — ich berichte den ganzen Vorfall dem König; und bleibt die Sache wider Vermuthen bey Hof länger liegen — Hm! — so geb' inzwischen ich das Geld aus meiner Tasche her. (klingelt)

Bedienter. Ihr Excellenz.

Rollet. (Aufstehend mit der Bittschrift in Händen) Erkundig' er sich, wo die drey Soldaten von Klintonschen Regiment, die heut bey mir waren, im Quartiere liegen — mach er auf — (Bedienter öffnet die Seitenthüre, Rollet mit der Bittschrift in der Hand, und Bedienter ihm folgend ab.)

Eilfter Auftritt.

(Das Theater stellt wieder Roberts Zimmer vor.)

Georg und William.

William. Was ich glaube? Georg ich glaube wirklich das Ding geht.

Georg. Gerührt war der Präsident sehr — das hab' ich lebhaft an ihm bemerkt. Selbst die Schwierigkeiten, die er machte, machen mußte — wurden ihm sauer — wahrlich Bruder, es ist oft bey

bey einer billigen Sache am schwersten Richter seyn — aber eben diese Uiberwindung — bürgt mir, daß er ein Mensch ist — daß er fühlt — tröstet mich — ja, läßt mich hoffen —

William. O wenn du hoffst Bruder, so kann ich ruhig seyn —

Georg. Ja! meine phisionomischen Kenntniß müßten mich alle trügen, wenn ichs läugnen wollte, daß das große theilnehmende Aug' — die ofne und liebevolle Stirne — ja sogar die Stimme dieses Mannes, mir nicht alles Gute von ihm vermuthen ließen —

William. Die Stimme?

Georg. Nun? und darüber wunderst du dich? das thut mir leid — wahre Theilnehmung, Bruder, ist Leidenschaft — und diese, ist der richtigste Stimhammer unsrer Worte — ja, glaube mir, ein Mensch, der beständig aus einem Tone mit dir reden kann, ist entweder ein unempfindlicher Narr, oder ein planmäßiger Bösewicht —

William. Das ist wahr. Aber —

Georg. (Fällt ihm ins Wort) Hör' auf zu abern, Bruder, ich bitt dich — die lavatrische Wissenschaft ist ohnehin von der Natur, daß man auch
mit

mit einer nur mittelmäßigen Einbildungskraft, gerne
vons Hundertste ins Tausendste kömmt — gewiß ei=
ne angenehme — zu Zeiten auch nützliche Beschäff=
tigung — aber wir Brüder, haben itzt auch, gewiß
nicht Geistruh' genug dazu — laß uns lieber zu un=
sern Vater gehn —

(Wollen abgehn, Jeny kömmt ihnen entgegen, gehn
alle drey zurück.

Zwölfter Auftritt.

Jeny zu den vorigen.

Georg. Was macht unser Vater, Jeny?

Jeny. Er liegt aufm Bette, mein Kleiner ne=
ben ihn — und John muß ihm aus dem Werke, über
die Kunst sich selbsten zu kennen, vorlesen.

Georg. Vortreflicher, weiser Mann — wie er
sich bey seinen itzigen Umständen, immer mehr an der
Weisheit zu festen sucht —

Jeny. O wie oft hat er mir gesagt, meine Jeny,
die Menschenkunde ist das nützlichste, aber auch das
schwerste Studium — keine Wissenschaft hat manig=
faltigere Gegenstände, deren Natur in sich selbst so oft
veränderlich ist — und mit eignem Vorsatz noch verän=

derlicher seyn kann — der Ruhmgierige, und der
Großmüthige begehn einerley Handlung — der Schein-
heilige, und der Gottsfürchtige bethen mit gleichschei-
nender Innbrunst — beydes ist freylich nur von aus-
sen gleich — was kostets uns aber, den höchsten Grad
der Kunst von der Wahrheit zu unterscheiden? — wird
dem eigennützigen Lügner seine Kunst nicht Leidenschaft? — Wahrheit? —

Dreyzehnter Auftritt.

(Es wird gepocht, Georg macht auf, und Klintons
Adjutant sagt eintretend.)

Ah! just recht — bon jour Georg, bon jour
William — (macht Jenyen ein Kompliment, und diese ihm eine Verbeugung.) hier wohnt doch euer Vater,
der Hauptmann, Robert?

Georg. Hier Herr Lieutenant.

Lieutenant. Kann ich ihn zu sprechen bekommen?

Georg. Sie befehlen Herr Lieutenant.

Lieutenant. Ich bitte mein lieber Georg.
(Georg ab.)

Lieute-

Lieutenant. (zu Jeny) Sie sind vermuthlich die Tochter vom Herrn Hauptmann?

Jeny. Ihnen aufzuwarten.

Lieutenant. (Auf William zugehend, der noch immer paradirt.) Pfui, was soll das mein lieber William, wir sind ja hier nicht aufm Exerzier Platz, (William legt seinen Hut aus der Hand, und macht den Lieutenant ein Kompliment.) -

Lieutenant. So ists ja gescheider —

(**Robert, Georg, und John** zu den vorigen.)

Robert. (Eintretend) Gehorsamer Diener Herr Lieutenant, mein Sohn (auf Georg zeigend.) sagt mir, daß sie meiner befohlen haben —

Lieutenant. (Mit einer Verbeugung) Ich bitte gehorsamst Herr Hauptmann; ihre Excellenz der Herr General Klinton lassen ihnen wissen, daß sie, wegen einen Auftrag ihrer Majestät des Königs, mit des Grafen von Nollet Excellenz, in einer kleinen Viertelstunde, hieher kommen werden.

Robert. (Mit Anstand.) Ich bitte — ich bitte — ich sollte ja eher zu ihrer Excellenz gehn —

Lieutenant. Das würd' er gewiß nicht gerne sehn — noch dazu ist der General nicht zu Hause. So wie er das Paket von Hof aus zugeschickt bekom-

men,

men, iſt er, nachdem ers durchgeſehn hatte, gleich
damit zum Grafen von Rollet gefahren — und von
da aus hab' ich den Auftrag an Sie hieher bekommen. Ich eile Sie bald wieder zu ſehn —

Robert. Gehorſamer Diener Herr Lieutenant.
(Lieutenant unter beyderſeitigen Komplimenten ab.)

Vierzehnter Auftritt.

Kepler zu den vorigen.

Kepler. Was war denn das vor ein guter Freund,
wenn ich fragen darf, Herr Hauptmann?

Robert. (Ueberdrüßig.) Ich bitte Herr Kepler
— es war der Adjutant vom General Klinton — ich
bitte Herr Kepler — der General wird gleich hieher
kommen — ich bitte —

Kepler. (Staunend.) Der General?

Robert. (Mit einem verächtlichen Lächeln.)
Wundern ſie ſich ſo viel es ihnen beliebt — aber ich
bitte —

Kepler. Der General? — Hm! nun wirds
vollends hübſch werden deucht mir. —

Robert. (Blickt Keplern verächtlich an, gleich
drauf aber zu Jeny.) meine liebe Jeny, gieb mir doch
meine

meine Uniform, eine akomodirte Peruque, und meinen
Degen. (Kepler bleibt stehn.)

Jeny. (Abgehend) Kommen sie mit mir Herr
Kepler —

Kepler. (höhnisch.) Ich wünsche viel Glück Herr
Hauptmann. —

Robert. (Aufgebracht) So geh' Jeny! —
(Jeny, und Kepler ab.)

Robert. Höhnischer, bößartiger Schurke! —
(sich besinnend.) nun alter? schon wieder verstimmt?
— wer wars denn? — (zu seinen Söhnen) meine
Kinder was wird das werden? warum ich euch darum
frage? — eure Gesichter scheinen mir etwas mehr davon zu wissen, als ich — etwas leichter vermuthen
zu können als ich — und doch — vereitelt sich der
Gedanke wieder bey mir selbst — (ruhig) ich habe
nichts verbrochen — also sollt' ich nicht bestraft werden — Verläumdung? — deren hält man mich, der
Müh' nicht werth — Belohnung? — meine Verdienste sind zu lang verjährt — neuerdings um etwas
nachgesucht? — wer hätte das? — Nachsuchen überhaupt, ist wider meine Grundsätze — das habe für
mich, ich nie gethan — andere für mich? — von
meinen Freunden ist ja keiner mehr als ich — ja, ja,
so grau ich bin, so bin ich doch neugierig — (Jeny

C 3   bringt

bringt Uniform, Peruque, und Degen, seine Kinder
helfen ihn ankleiden.)

Georg. Ist das der Graf Nollet, mein Vater,
der Präsident bey der Lehnbank ist, der zu uns kömmt? —

Robert. Eben dieser mein Sohn.

Georg. Ein vortreflicher Herr —

Robert. Ich kenne ihn genau mein Kind —
ein Graf, der den Vorzug seiner Geburt gewiß nicht
mit den alltägs Begrifen verbindet — aber woher
mein Sohn, kennst denn du den Grafen?

Georg. (verlegen) Dem Rufe nach mein
Vater.

Fünfzehnter Auftritt.

(Graf Nollets Laufer öffnet die Thür, General Klinton, sein Adjutant, und Graf Nollet treten ein,
Robert, und Jeny machen die gehörigen Kompli-
mente, die Söhne paradiren nach Soldatenart.)

Robert. Welches unvermuthete Begeben ver-
schaft mir die Ehre, und das Vergnügen Euer Excellenz beyderseits bey mir aufwarten zu dürfen?

Klinton. Edler, vortreflicher Mann! mich freut
es überaus, daß ich Gelegenheit dazu habe, sie per-
sön-

sönlich kennen zu lernen, und sie davon, genau zu
überzeigen, wie herzlich mir daran gelegen ist, Menschen von ihrem Werthe überhaupt (eine Pantomime
gegen Robert, und seine Kinder, diese neigen sich) die
verdiente Belohnung überbringen zu können. Nicht
mein Stolz ist es, der sich hier ungesehn weidet —
nein meine Lieben, wahre innige Freude ist es, die aus
jener lautern Anerkennung des wahren Verdiensts ent-
springt — wenn man zugleich seiner Belohnung so
nah' verwand seyn kann, als in diesem Falle ichs
hier bin — (zu Robert.) ihr Namen, und die Erziehung, die sie mein würdiger Freund (Robert neigt sich)
ihren Kindern gegeben haben, haben mich dessen längst
versichert, was des Königs Majestät mit den gnädig-
sten Ausdrüken, von ihnen, mir heute noch zu bestät-
tigen geruht haben (dem Hauptmann eine Schrift reichend) hier in dieser königlichen Versicherung, Herr
Hauptmann, geruhen Seiner Majestät ihre itzige Pen-
sion dergestalt auf jährlichen hundert Pfund Sterling
zu vermehren, daß, nicht nur so lange sie noch leben
werden, sie diese ohne allen Abzug zu genießen haben
sollen; auch soll nach ihrem Tode, ihre Tochter, so
lange sie leben wird, unter ähnlichen Bedingungen einen jährlichen Gehalt von fünfzig Pfund zu genießen haben.

C 4   **Robert.**

Robert. Herr General, ich bin so sehr gerührt, daß für mein dankbares Herz, ich noch keine Worte finden kann.

Jenn. (zum General) Herr General — gnädigster Herr (Aeußerst gerührt.)

Klinton. (Jeny bey der Hand nehmens) Mein Kind — (zu Robert) Herr Hauptmann, auch von allem, was sie noch hören werden, bin nur ich, die Wirkung — ihr Excellenz der Herr Graf Nollet aber (auf ihn zeigend) die Ursache.

Robert und Jenn. (zum Nollet) Euer Excellenz —

Nollet. (Liebevoll zu Robert und Jeny) Ich bitte recht sehr meine lieben — (Zum General) Euer Excellenz Herr General, setzen mehr auf meine Rechnung, als darauf gehört — ich glaube, ich habe nur meine Schuldigkeit gethan, wenn ich diese edle Handlung (auf die drey Brüder zeigend, diese neigen sich bescheiden, und Robert sieht sie gerührt, und dringend an) denjenigen Händen übergeben habe, denen es vom Schicksale allein vergönt war, sie belohnen zu können — freylich kömmt viel, ja zu Zeiten alles auf den Vortrag des Ministers an — und ich darf es sagen, einige Erfahrung hat mich des-

sen

sen so gewiß überführt, daß ich den größten Unterschied
zwischen ja, und nein, nicht auseinander zu setzen
wissen müßte, wenn ich mich vom Gegentheil ganz
überzeigen könnte — allein, lassen Sie auch hier,
uns gerecht seyn. Wie oft vereitelt nicht die bloße
Laune des Obern den besten Willen seiner Rathge=
ber — und leidet hier der Sachwalter nicht beynah'
so viel als selbst der Gedrückte, dems. betrift? —
durch gedachten Plan, an dem Herz, und Kopf glei=
chen Theil genommen haben — des unbedachtsammen
Spiels einer zufälligen Laune werden sehn — thut
weh' Herr General — gewiß sehr weh' — außer den
Druck seines Nebenmenschen zu fühlen — wird auch
noch unsre rechtmäßige Eigenliebe, aufs höchste da=
bey gekränkt —

Klinton. Ich kann nichts, als sie bewundern
Herr Graf.

Robert. (Dringend zu Nollet) Aber meine Kin=
der vortreflicher Mann — ich bitte —

Nollet. (Ein Papier aus der Tasche ziehend)
ich verstehe — (giebts Robert) da! lesen sie glückli=
cher Vater —

(Robert liest, und giebt durch Gesichtszüge seine
innern Empfindungen zu erkennen, nach den Lesen mit
der innigsten Rührung) ja wohl Herr Graf, ein glück=

licher — der glücklichste Vater — (auf seinen Söhnen mit ofnen Armen voller Empfindung) meine lieben, lieben Kinder! für das bißchen kümmerlichen Le-
bens, das ich euch gab, thut ihr mir so viel! — (mit
naſſen Augen) so viel! —

Georg. Verzeihen Sie beſter, rechtſchafenſter
Vater — verzeihen Sie. Gaben ſie uns nicht dieſe
Erziehung — das einzige Mittel dazu, was uns in
der Reihe rechtſchafner Männer kommen zu dürfen, gewiß hoffen läßt? — haben Sie mein Vater, uns nicht
die Grundſätze zu unſrer Aufführung beygebracht? —
und ſind die Früchte davon nicht ihr Eigenthum? —

Robert. (weint) Sey ſtill mein Sohn —
(Pauſe, und ſchließt alle drey Söhne in ſeine Arme)
ach meine Kinder! — meine lieben Kinder! (alles
iſt gerührt) was iſt ein wohlgerathenes Kind, an die
von Freuden ſchlagende Bruſt ſeines fühlenden Vaters! —

Klinton. (Zu den drey Brüdern) euer edles
Herz, meine lieben rechtſchafnen Kinder, (bücken ſich
alle drey) welches ihr bis jetzt, durch ununterbrochnen
Dienſteifer deutlich zu erkennen gegeben, und nun aufs
neue durch den liebeswürdigſten Zug gegen euern würdigen Vater (Robert, und ſeine Kinder neigen ſich)
wiederhollt habt, wollen unſer gnädigſter König damit
be-

belohnen, (reicht George eine Schrift, dieser nimmt
sie mit Respeckt an.) mittelst diesen allerhöchsten Pa-
tent, haben seine Majestät geruht, sie mein Freund
(George neigt sich) nebst fünfzig Pfund Sterling zur
Equipage die Fähnrichsstelle bey meinem Regiment allergnädigst zu verwilligen. (George bückt sich)
(zu William, und John,) euch beyden meinen Freunden (bücken sich) aber, hab' ich den allerhöchsten Auftrag des Königs Zufriedenheit über eure gute Aufführung, und zärtliches Benehmen gegen euern Vater, in seinen Namen zu versichern; mit dem Zusatz,
daß, bis zum nächst sich ergebenden Avancement, einen jeden von euch fünf und zwanzig Pfund Sterling
aus der königlichen Chatul ausgezahlt werden soll.

(Robert, und seine Kinder voll von Dankbarkeit,
und sagen fast alle.) zu ihren Füßen ihr Excellenz —

Klinton. (Mit beyden Händen aufhebend) nicht
doch meine lieben — (wehrend diesen rührenden Auftritt kömmt Kepler, und Betty, diese bleibt im Hin-
terhalte stehn, Kepler aber tritt näher zum General.)

Klinton. (Ernsthaft.) Was will er?

Kepler. (Mit tausend Krümmungen) ich habe
Euer Excellenz nur unterthänigst anstehn wollen —

Klinton. Zur Sache!

Kepler.

Kepler. (Wieder mit gleichen Verbeugungen)
ich habe Euer Excellenz nur unterthänigst — von we=
gen meiner Miethe — ich habe schon drey Vierteljahr
Miethe zu fodern an den Herrn Hauptmann Robert
— und wenn ich nicht bald bezahlt werde — es thut
uns wirklich leid — aber ich bitt Euer Excellenz un=
terthänigst — ich kann ihn wirklich nicht länger im
Hause behalten — weiß Gott, das Herz thut mir
weh' wenn ich dran denke — aber —

Klinton. (Zornig) Nichtswürdiges Krokodil!
— ich kenn' dich schon — gewiß! gewiß sollen diese
würdigen Leute, keinen Tag mit dir mehr, unter ei=
nem Dache zubringen — (zum Adjutant) Sie Herr
Lieutnant bitte ich, so bald wir zu Haus kommen,
sagen sie meinem Haushofmeister, daß er diesen sau=
bern Herrn da (auf Kepler zeigend, dieser macht eine
Verbeugung.) gegen Quittung sechs Pfund Sterling
auszahlt (zu Kepler) itzt pak' dich Schurke! — (Kep=
ler, und Betty mit Verbeugung, und zitternd ab.)

Robert. (zu Klinton) ich bitte tausendmal um
Verzeihung — Euer Excellenz haben sich meintwegen
mit dem eigennützigen Menschen —

Klinton. (Freundlich) nicht doch guter Haupt=
mann, mit solchen nichtswürdigen ärger' ich mich nie
länger, als ich sie seh' — weil ich meine Galle über
                                                      sie

sie gleich ausgieſſe, und ſie auf der Stelle demüthi=
ge — aber heute noch meine lieben, müßen ſie aus
dieſem Schelmenhauſe — (lebhaft) heute noch! —

Robert. Ich bitte Euer Excellenz — wo könnt'
ich heute noch eine Gelegenheit —

Klinton. (Noch lebhafter ihm ins Wort fal=
lend) in meinem Hauſe, rechtſchafner Mann! das ver=
ſteht ſich — alle, alle meine Freunde mit mir —
bey mir! —

Nollet. (Sanft lächlend, und den General an=
ſehend) alle Herr General? —

Klinton. (Beſcheiden) Ich verdiene ihren Vor=
wurf, edler Graf — ſie würdiger Mann, verdienen
mehr dieſe Freude zu genieſſen als ich — aber laſ=
ſen ſie immer, meine Empfindungen das einärnten,
was ihre Weisheit, und Menſchenliebe gebaut haben
— laſſen ſie ehrenswehrter Mann, für die Bequem=
lichkeit dieſer Rechtſchafnen (Robert, und ſeine Kin=
der neigen ſich) mich ſo ſorgen, wie ſie für ihre Ruhe
geſorgt haben — (lebhaft) ja! ich geſteh' es! noch
bin ich zu neidiſch mit meinen Aufträgen — mit mei=
nen Freunden — und weh' dem, der es an meiner
Stelle nicht iſt! —

www.ingramcontent.com/pod-product-compliance
Lightning Source LLC
Chambersburg PA
CBHW022204020726
47496CB00008B/2867